초록이 아프다고 말했다

시작시인선 0270 초록이 아프다고 말했다

1판 1쇄 펴낸날 2018년 9월 10일
지은이 최춘희
펴낸이 이재무
책임편집 박은정
편집디자인 민성돈, 장덕진
펴낸곳 (주)천년의시작
등록번호 제301-2012-033호
등록일자 2006년 1월 10일
주소 (03132) 서울시 종로구 삼일대로32길 36 운현신화타워 502호
전화 02-723-8668
팩스 02-723-8630
홈페이지 www.poempoem.com
이메일 poemsijak@hanmail.net

ISBN 978-89-6021-387-6 04810
978-89-6021-069-1 04810(세트)

값 9,000원

*이 책의 국립중앙도서관 출판시도서목록(CIP)은 서지정보유통지원시스템 홈페이지(http://seoji.nl.go.kr)와 국가자료공동목록시스템(http://www.nl.go.kr/kolisnet)에서 이용하실 수 있습니다.(CIP 제어번호: CIP2018028177)

초록이 아프다고 말했다

최춘희

천년의
시작

시인의 말

마음도 내 마음이 아니고
몸도 내 것이 아닌 것 같을 때
오랜 병을 터 잡고 사는 자의
말로써 다할 수 없는 슬픔이 클 때
사는 일이 너무 무거워
내려놓고 싶을 때
시를 통해 위로받고
시가 있어 나는 아프다고
말하지 않았다

차 례

제2부

제3부

제4부

해 설

일러두기

이 시집의 본문 가운데 일부는 저자의 뜻에 따라 현행 한글맞춤법 및 본 출판사의 표기 원칙과 다르게 표기했음을 미리 알립니다.

제1부

창밖 나뭇가지 날아다니는 새를 보려고
고양이의 시선이 머문 그곳에 가려면

최대한 자신을 감추고 들키지 않게

낮은 포복 자세로 문턱을 넘어가야 한다

검은 그림자, 새 떼들의 솟구침을 놓치지 않기 위해

빛이 순간의 벅찬 몰입을 빨아들여

투명한 유리 벽의 절망 속으로 던져버리지 않게

팽팽한 수평의 긴장감

부드러움 속에 감춘 날카로운 발톱이

나를 덮쳐 부서질 것 같지 않은

한낮의 무료를 잡아 올릴 때까지

새가 되지 못한 새

목구멍에서
죽은 새가 튀어나온다
온몸에 붉은 발진이 돋고
검은 침묵과 기도
울음 속에
삼키지 못한 두려움이 있다
아무것도 확실치 않은 채
겨울이 끝나 가도 눈은
오지 않고 비만 내리고
간절히 기도해도
기도는 이뤄지지 않고
끝날 거 같지 않은
날이 저물어 어둑해질 때까지
이쪽에서 저쪽
경계를 지운 그곳에
새의 영혼으로 착지하는
버려지는 것들이 있다
날개가 퇴화해 버린
도도새처럼

난독의 구름 문장들

시퍼런 힘줄 세운 가시연꽃
허공에 절 한 채 올려놓고
용맹전진이다
사흘 밤낮 쏟아진 폭우에도 끄떡없이
맨손과 맨발로 적도의 심장을 향해
내게는 눈길 한 번 건네지 않고
난독의 구름 문장들 끌어당겨
창을 내고 진흙 펄 외벽에
심우도 그려 넣고
침향 그윽한 바람 소리
풍경으로 들였다
아득한 화엄 세계
제 몸의 가시 부러뜨려 날마다 새겨 넣고
그 여자 오늘은
연밥으로 달려 있다

남천

나는 애인과 동거 중이다
잠자리에 들 때마다 비음을 내며
옆구리를 파고드는 애인은
우울한 영혼을 간지럼 태우고
내 슬픔을 핥아준다
어느 추운 겨울날 흰 눈의 망토를 쓴
애인이 나를 찾아왔다
검고 푸른 심해의 눈동자와
돌고래의 울음소리를
애인은 가졌다
애인의 부드러운 몸을 만질 때마다
나는 새롭게 태어나고 꽃피어
붉은 열매를 토해 낸다
사시사철 눈 내리는 북극의 정원
날카로운 이빨을 번뜩거리며
검은 늑대가 울부짖는 밤
나는 애인과 한 잔의 독주를 나눠 마시고
취생몽사, 열락의 우물 속으로
수장되었다

누가 나의 깊은 잠을 깨우는가
젖은 몸속
길을 내며 잎잎이 바람 소리
뿌리를 흔드는 빗소리
애인과 나는 세상에 없는 봄을 기다리네

맨홀

길이 있는 곳이면 어디든
그들은 있다
먹잇감을 노리는 포식자처럼
발톱을 숨기고 엎드려있다
악취와 오물과 가스로 배 속을 가득 채운
세상에서 버려지는 온갖 것들
쌓이고 쌓여 언젠가는
어둠을 뚫고 폭발할지 모르는
도시의 블랙홀
탐욕이 우리를 삼키듯
절망이 그들을 지하 땅굴 깊숙이
봉인하였다
난파된 영혼으로 갈가리 찢겨 나간
붉은 심장을 움켜쥐고
거리를 헤매는 자여
발밑을 조심하라
무심코 내딛는 그 발밑에
호시탐탐 입 벌린 화염지옥이 있다
방심한 일상의 길목에
덫을 놓고 기다리는 사냥꾼처럼

그들은 언제 어디서든 발목을 낚아채
무덤 속에 던져버린다
길이 끝나는 곳에 구원의 십자가는
빛나고 있을까
캄캄하게 뚜껑 닫힌 정지된 시간도
환한 날빛으로 살아나
푸른 공기를 폐쇄된 혈관 가득히
넘쳐흐르게 하는 그런 날들
있기는 한 것일까

둥근 물방울의 집을 가졌다

먼지처럼 왔다가
그는 갔다

불면과 두통이
오래도록 빈소에 남아
그의 마지막을 조문했다

잠들지 못한 밤마다
어둠 속에서 야옹거리던
줄무늬고양이
창가에 앉아
무덤의 노래를 불렀다

유령같이 떠돌던 정처 없는
영혼은 죽어서야 둥근 물방울의
집을 가졌다

햇빛 좋은 날 강가에 나가 보라
살랑거리는 봄바람 실려
반짝이는 물결 위로

어둠을 털고 막, 솟구치는
흰 새의 깃털 볼 수 있으니

헛되고 헛된 세간의 일
깊은 잠 속에 내려놓고 먼지처럼
왔다가 새처럼 가볍게
날아갔다

사과의 심장

붉은가슴울새 깃털을 모아 바닷가 절벽 위에
세상에 단 하나뿐인 둥지를 만들고 싶어

죽을 만큼 아프거나 견딜 만큼 아프거나
일 년 삼백육십오 일 아프다는 너를 위한 조그만
호스피스 병동 짓고 싶어

벌레들이 파먹어 썩어 문드러진 사과의 심장
피돌기가 막힌 그곳에 잘 벼린 칼 하나 찔러 넣고
싶다고 너는 말하지

소금밭을 기어가는 민달팽이 쓰린 살갗을 뚫고
핏빛 양귀비꽃 피어나듯 환하게 통증이 순간
사라질지도 몰라

거짓으로 옥죄여 온 욕망의 사슬 단칼에 끊어내고
자유로운 영혼으로 환생할지도 모르지

저 먼 우주에서 억겁의 시간을 건너뛰어
나를 건너가는 너를 만나 통정하고 싶은 봄밤

목련 뚝뚝 떨어지고 허공에 매달린
검은 별들 결가부좌를 풀었다

안개나무에 빗방울 떨어지고

나를 보는 너의 두 눈
나뭇가지에 슬픈 듯 걸려 있네
잠 속에서도 끈끈이처럼 엉켜
악몽처럼 매달려 있네
언제부터였을까
우리의 기묘한 동거는
서로의 내장을 파먹고
뼈를 발라 시궁창에 던졌지
바닥은 눕고 보면 참 편안해
스펀지처럼 영혼을 빨아들이지
엄마의 자궁 속으로 들어온 거 같아
위로만 향하던 더듬이
아래로 방향을 조금만 틀어봐
새로운 세상을 볼 수 있지
그토록 갖고 싶던 평온이 몸을 눕히지

나를 보는 너의 두 눈
그날 그 시간처럼
나뭇가지에 슬픈 듯 걸려 있네
안개나무에 빗방울 떨어지고

검은 가지마다 벌레집처럼
너는 자라지 않는 아이가 되어

안개나무에 눈물인 듯 탄식인 듯
빗방울 떨어지고

시간의 무덤

오래전 죽은 애인에게서 소식이 왔다
지상에서 가지고 간
유통기한 지난 부패된 기억들
썩은 쉰내 풍기며 팽창하고 있다고
가스폭발 일보 직전이니 뚜껑을 열라고
숨겨진 치부 낱낱이 까발려지길 원치 않는
나는 완강히 거부 의사 돌입하고
그는 스팸 메일로 삭제되었다
찰나의 빛나던 한때와 주름살투성이
삶의 벌려진 지퍼 사이 꾸역꾸역 밀려 나오는
내장물의 악취 진동하는 나날
뭉텅뭉텅 빠지는 머리칼의 비명 소리
수술대 위에 무방비 상태로 놓인 환부
내리꽂히는 칼날이 생과 사의 경계를 지우고
속수무책 붕괴된 면역 시스템
원상 복구 하기엔 너무 늦은 폐기된 파일
코끼리들은 죽을 때가 되면 비밀의 장소에서
아무도 모르게 뼈를 묻는다고 하지
거대한 상아 무덤을 남겨 놓는다지
죽어서도 모니터 속에 실루엣으로

떠다니는 죽은 애인에게서 소식이 왔다
녹슨 봉인을 풀어 햇빛 아래 눕고 싶다고
지상에서 가지고 간 부장품들
축축한 묘혈에서 끄집어내 태워달라고
바오밥나무 아래서 해 뜨는 푸른 초원
숨 막히는 지평선 바라보겠노라고
시간의 블랙홀 속에 갇혀 그는 날마다
키보드를 두드려댄다

피에타

죄의 얼룩이 간밤의 비에도 씻기지 않고 붉은 핏자국으로 남아 벽에는 총알 자국뿐인 새벽입니다 새끼 잃은 어미 고양이 지붕 위에서 울부짖고 창밖은 어둠뿐 해는 언제 뜨는지 물러날 곳 없는 백척간두의 칼날 위에 서있는 맨발의 시간입니다 현장검증은 아직 끝나지 않은 채 묵묵부답 신문의 검은 헤드라인으로 클로즈업되는 당신의 알리바이는 무엇인가요?

아무 곳에도 뿌리 내리지 못하고 떠다닌 빈 몸의 그림자를 껴안고 녹슨 대못 하나 모가지가 부러진 채 녹슬고 있습니다

훔쳐보는 봄날

기차도 서지 않고 지나가는
오고 가는 이 하나 없는 간이역에서
엇갈린 수신호로 스쳐간 뒤
귀를 닫고 눈을 감고
내게는 봄이 사라졌지요

(봄은 꽃으로부터 오는 것이 아님을 봄은 당신으로부터
당신의 웃음소리 당신의 발자국 소리에 묻어오는 것임을)

누구나 지나간 한생의 봄날이 있지요
지리멸렬, 비루한 이생에서 봄을 태胎 안에 품고
나는 어디쯤 더듬어 가는 걸까요

기차도 서지 않고 지나가는
오고 가는 이 하나 없는 텅 빈 그곳에
측백나무 가지런한 길 따라 걸어가는
훔쳐보는 봄날입니다

시절 하나 가고 있다

영산홍 붉더니 오동꽃 지고

흰나비 오더니 잠자리 날고

소낙비 내리고 강물 불어났다

탈골한 뼛가루 눈처럼 날리던 봄날
가시덤불 아래서 사랑도 하고

한 계절이 건너갔다

떼 지어 몰려다니던 붉은머리오목눈이
도란도란 정겨운 청춘의 아이콘들

봄은 생명을 창조하는 신의 예술가

천변 풀밭에 낮술 불콰한 홍반 띤 얼굴
노숙의 사내 대자로 누웠다

한 덩어리 슬픔 구름처럼 몰려오고

이름 없이 피었다 지는 풀꽃 사이로

난감한,

울컥 쏟아지는

시절 하나 가고 있다

초록의 딜레마

초록 물감을 뒤집어썼지 벌컥벌컥 초록 생수를 마시고 초록 길을 따라 저토록 사무치는 초록 풍경을 담고 거대한 초록의 심장 부풀어 오르지 타오르는 초록의 불길 끓어오르는 초록의 기포들 눈을 감고 눈부신 초록의 그늘 아래 무작정 누워 봐 어디 먼 데라도 가고 싶은 거니? 폭염은 방호벽도 없이 쳐들어와 막다른 골목에 초록을 내몰고 전신 화상을 입혔지 초록은 햇빛 알레르기가 있어 신경이 예민한 초록은 중증 햇빛 알레르기 환자 대낮에도 칭칭 붕대를 감고 돌아다니지 초록은 햇빛에 쏘이면 살갗이 터져버리는 지뢰밭 초록은 일거수일투족 불안의 감시자 활짝 꽃 핀 망상의 뇌를 열고 현미경으로 들여다보지 종횡무진 질주하는 초록 열차가 여기 있어 피할 데 없는 적도의 끝으로 돌진하는

초록이 아프다고 말했다 독주를 마신 초록이 검게 썩어가는 밤 초록 잎사귀 흐드러지게 늘어뜨리고 소문은 무성하다

바람의 시간

혹을 떼어냈다
빚쟁이처럼 집요하게 박혀 있던 이물 덩어리
마취 수술 한 방에 제거되고
무겁던 몸 가벼워졌다

의사 앞에 섰을 때의 긴장이 풀린 발걸음
구름 신발 신고 어딜 가지?

침대 위에 눕기엔 하늘이 너무 파랗고
시간은 게을러도 좋을 오후 2시
빌딩의 유리창 쨍하게 눈부시고
치통도 투명해지는 바람의 시간

작은 혹 하나 떼어냈을 뿐인데
혹이 붙어있을 때의 나와
지금의 나는 다른 시간을 살고 있지

유령거미가 되어 빌딩 숲 사이로 숨고 싶어

도시의 미로 속을 떠다니다
불쑥, 당신 앞에 나타나고 싶어

그 한 잎의 절명시

세상 헛것에 홀려 먼 데 돌아왔지요
남해 금산 절벽 아래
부르튼 발 내어놓고
앵강만 파도 소리에 잠 못 들고 뒤척이는
때늦은 단풍 한 잎으로
눈부시게
눈부시게
불타오르는 엄마
나의 엄마

그 한 잎의 절명시絶命詩

꽃의 미식가

고양이는 꽃을 먹는 미식가 아슬아슬한 봄의 경계에 핀 붉은 튤립을 먹지

폴짝! 밤의 담장을 뛰어올라 달무리 진 안개꽃 씹어 먹지 살금살금 잠든 내 옆구리 파고들어 가시 돋기 혀끝으로 검은 달리아 불면의 꽃 똑, 똑, 따 먹지

고양이는 아주 예민한 꽃의 미식가 상한 이파리 유통기간 지난 꽃들 눈길 한 번 주지 않고 외면해 버리지 배가 고파도 싱싱한 꽃 아니면 먹지 않지 끝없는 사바나 초원을 달려와 깜깜한 침묵의 지층을 울리는 울음소리로 꽃을 유혹하지

어느 날 나를 방문한 라벤더 알비노 비단구렁이 아름다운 꽃으로 착각해 한입에 꿀꺽 삼켜버렸지

제2부

그게 시작이었다

다리 밑 하천변을 지나다 너를 본 것이 언제부턴지 알 수 없지만 그 자리 꼼짝 않고 서서 떠날 줄 모른다 가까이 다가가면 인기척에 놀라 날아올랐다 다시 되돌아와 서있는 댕기머리 물새 한 마리, 제 짝은 어디 두고 가족도 없이 물그림자만 쳐다보는 너, 어쩌다 보이지 않으면 나도 모르게 너를 찾고 너를 만나야만 하루가 저문다는 생각이 든다

처음엔 그저 무심히 지나쳐 갔다 특별한 관심도 애정도 없었다 그러나 어느 날부터인가 내 안으로 빨려 들어와 눈에 밟히기 시작했다 그게 시작이었다 집 안에 있다가도 너의 안부가 궁금하고 갑자기 보고 싶어서 달려 나가고 하천에 앉아 물끄러미 몇 시간이고 너를 바라본다 전생에 어떤 연緣으로 스쳤던 걸까 그렇지 않고서야 기묘한 마음의 끌림 설명할 수 없고 낯익은 기시감은 무엇인지,

댕기 머리 흰 물새 적막한 눈인사 건네는 저녁이 왔다 차가운 물속 발목 잠겨 건너가는 저녁이다

검은 비

죽은 이들의 눈물이 퉁퉁 불어
만수위로 차올랐다 거짓 예언과 소문으로
거리는 쓰레기로 넘쳐 나고 누적된 피로와 불신과
노역의 생 그 어디에도 안식은 없다
무거워진 눈꺼풀 비집고 공중그네를 타는
고단한 잠, 낮과 밤이 가쁜 숨 몰아쉬며 아수라장의
폐허를 밟고 가고 하늘을 막고 있던 거대한 댐이
무너져 내렸다 꽉 막힌 하수관을 박차고
시신과 오물이 역류하고 난무하는 치명적 바이러스

눈뜬 채 심장이 멈춰버린 사람들
대책 없는 무능력한 정부와
구원의 손길을 거부한 신을 불러보지만
묵묵부답,
죽은 이들의 눈물은 폭우가 되어
세상을 통째로 삼켰다

공터 일기

새벽에 깨어 눈뜨면 문득 사는 것이 지랄 같다
가슴 밑바닥 치고 올라오는 허기 목울대를 때리고
눈부신 꽃대 밀어 올리던 봄날 흔적 없다
갈 데까지 가보자고 하늘까지 넝쿨 뻗던
푸른 적의 무성한 여름도 가버렸다 찬란한
단풍의 호시절 손 한번 잡아주지 못했다
평생 몸 누일 집 한 칸 마련하지 못한 아비
죽어서도 곁방살이 떠돈다는 풍문이다 날이 새면
집 지으리라 다짐한다는 히말라야 전설 속
어리석은 새처럼 노숙의 한평생 낙엽으로
발에 차인다 당겨쓴 카드 빚과 마이너스 통장의
막막함이 목줄을 당기고 산더미처럼 쌓여 가는
세금 고지서 꽉 막힌 벽이 되어 막아서는
비상구 없는 하루의 시작이다 뿔뿔이 흩어진
황금빛 날들 기억도 희미한 채 녹슬어 가고
먹구름의 공습 시작된다 컨테이너 박스가
철거되고 곧 혹독한 유형流刑의 겨울이 올 것이다

입양

태어나기도 전에 너는 버려졌지
공중화장실 변기 속이 너의 고향이지
눈도 코도 입도 지워진 채 오직 배설의 형태로
오물 덩어리로 무뇌아로 존재하는
도시의 치부

세상의 호적에 너는 없다
태어나기도 전에 깜깜한 밤하늘에게
입도선매되었으므로

사산된 배를 끌어안고 어미는 오늘도
어둠의 시궁창 헤매 다니지
티끌만큼도 죄책감이나 후회는 없지

지하철역 사물함에서 여행 가방에
쑤셔 박힌 채 담겨진 너를 발견한대도
결코 놀라지 않지
티브이에서 요란을 떨며 카메라를 비춰도
그건 일회성 쇼! 쇼! 쇼!

태어나기도 전에 세상으로부터
너는 버려졌지 아무도 네게 관심 따위 없다는 걸
너무 늦게 깨달았지

세상의 호적에 이름 올리지 못한 대신
저 흰 구름에게, 자유로운 바람에게, 여름비에게
이제 막 꽃잎을 여는 나팔꽃에게
나를 데려가 줘

생일 편지

폐쇄 병동에 갇혀
체리처럼 달콤한 유혹을 꿈꾸지

향유고래와 거미원숭이
캄보디아 맹그로브숲에 사는
박쥐가 부러웠지

난시의 눈으로 본 세상은 온통 오독이야

신경증과 불면증에 시달리며
무엇에 쫓겨 살아온 걸까

귓속에서 귀뚜라미가 울어
죽은 고양이 울음소리도 들려
오늘도 나는 하루를 공쳤어

불빛에 허를 찔린 나방처럼
진실의 얼굴을 본다는 건 끔찍스럽지
잡을 수 없는 헛된 희망과 거짓 평가와 온갖 종류의 착각
몽땅 덜어내 앙상한 뼈만 남겨지니까

폐쇄 병동에 갇혀 가본 적 없는 유토피아를
너는 꿈꾸지

장밋빛 구름의 멜랑콜리와
꽃 피어본 적 없는 불임의 나무들 눈부신
개화를 날마다 기다리지

꼬리의 힘

어시장에서 팔뚝만 한 장어를 샀다 가게 주인은 배를 갈라 내장을 빼고 얼음에 냉장시켜 스티로폼 박스에 넣어 주었다 압력솥에 넣고 푹푹 고아 먹으면 죽었던 이도 살릴 보약이라고 말을 보탰다 손끝으로 전해지는 녹지 않는 죽음의 무게, 관 속에 누워있는 토막 난 그의 영혼은 검푸른 심해 어디쯤에서 헤엄치고 있나

머리 잘린 채 토막 난 사체로 그는 우리 집 주방으로 운반되었다 관 뚜껑을 열고 그를 꺼내자 펄떡 몸을 일으켰다 아직 죽지 않았다고 증명이라도 하듯 꼬리를 꿈틀거렸다

숨을 놓는 순간까지 팽팽하게 긴장의 끈 놓지 않았던

어떻게든 살아보겠다고 무덤 속에서도 생을 불태우는 바로

그 힘!

도시의 몽상가

고층 아파트 베란다 창문에 박쥐 한 마리 매달려 있다 마주 보이는 숲에서 날아온 걸까 죽었는지 살았는지 미동도 없이 절벽에 바짝 붙어 숨 고르기 들어간 클라이머 같다 어릴 적 시골집 평상에 누워있으면 저녁 어스름 깔린 바람길 가르며 떼로 몰려오던 그림자 군단 고단했던 하루의 대미를 장식하는 후렴구처럼 장엄하게 울려 퍼지던 울음소리 날갯짓 소리 이젠 먼 꿈속의 일, 변형된 기억으로만 존재하는 동굴 속의 은둔자들, 평생을 거꾸로 허공에 몸을 맡긴 채 수천 년을 어둠 속 수도승으로 생을 담금질했다 단 한 번도 빛을 향하여 얼굴 드러낸 적 없는, 슬픔도 외로움도 골똘히 명상하며 신을 향한 기도로 승화시켰다

깜깜한 하늘을 열어 더 높은 곳을 향하여 허공을 박차고 오르는 비밀 결사대여! 서쪽 하늘 물들이는 나의 슬픔을 베어다오 망설임 없이 단칼에 목을 쳐다오

누가 저 발 디딜 틈 없는 외벽 난간에 대롱대롱 나를 걸어 두었을까

샹그릴라

하루 종일 잠자고 밥 먹고 약 먹고
시체처럼 시간을 죽여 가는 당신
많은 날들이 버려진 달력이 되었다
고양이는 길 찾는 능력이 빼어나 먼 곳에
버려져도 집을 찾아온다고 하지
몸속에 나침반을 숨겨 둔 것처럼
지구 자기장의 변화를 감지하는 불가사의
내 몸의 풍향계는 옴짝달싹할 수 없는
만년설 빙하의 크레바스에 갇혀
울음소리도 내지 못하는데 휠체어에 앉아
창밖을 바라보던 시절은 고집스러운
눈사람이 되었다 똑같은 일렬종대로 서서
하루, 이틀, 사흘…… 그렇게 자꾸만
회색 병동의 그림자 키를 늘리고
면도칼 같은 햇살에 붉은 칸나의
발목 시계추처럼 정오에 멈춰있다
바람이 불어오는 향방도 감지 못하는
몸속의 센서 작동 불능인 면역 체계 제로의
당신, 만성 빈혈의 당신, 폐활량이 부족한
당신이 숨을 가득 모아 거대한 우주의

풍선을 불고 있다 저 먼 은하계에서
수천수만 년 나를 향해 걸어온
고양이 눈 성운 반짝이는 밤
히말라야 깊은 눈 속 푹푹 발을 빠뜨리며
아무 일 없다는 듯 그렇게 길 떠났다

봄이 오지 않았다

꽃 피고 새 울어도 이곳은 얼어붙은
겨울입니다 빈 나뭇가지에 남겨진 새처럼
당신 떠난 기차역에 서있습니다
아버지, 그곳은 아프지 않고 편안한가요
돌아오기 위해 플랫폼을 밟고 떠나는 거지요
영영 돌아오지 못하는 여행이 있다니요
세상의 비바람 온몸으로 막아주던 당신은 가고
손때 묻은 지팡이 문 옆에 기대있네요
죽어있던 언 땅이 녹고 아무 일 없다는 듯
새순이 돋고 사방 천지 꽃 몸살 앓아도
당신 없이는 봄이 오지 않지요
세상 밖이 시끄러워도 부디 거기서는
고요하고 아프지 마셔요
이 땅에서 보내는 시간이 얼마나 짧은지
날마다 떠나고 영영 소식 감감하고
영원한 건 과연 영원한 걸까요 영원하지 않은 것은
영원히 무용지물인가요
아무리 불러도 당신은 침묵하고 답은
스스로 찾아야 한다는 걸 알고 있지요
꽃 피고 새 울어도 이곳은 당신 없이는

언제나 겨울입니다

아무도 오지 않는 기차역에서 봄을 기다리지요

아직 기차역에

봄이 오듯 너도 환해졌으면

여름이 오듯 너도 푸르렀으면

가을이 오듯 너도 물들었으면

겨울이 오듯 너도 하얗게 피어났으면

아직 도착하지 않은 기차역에

흰 엽서 한 장 나비처럼 날아갔다

머리 위에 붉은 꽃을 꽂고

목젖이 젖혀지도록 까르르 웃었다

발밑이 다 젖도록 장대비 쏟아져 쾌청이다

눈알이 빨개지도록 기침을 하며

만산홍엽이다

기꺼이 모든 흔적을 지워버린 회색 병동

죽음이 게으른 고양이처럼 살찌고 있다

꽃다발

여든의 어머니 난생 처음
학교에 가신다고
노인학교 다니신다고
둘러앉은 자식들 앞 주름진 얼굴
열다섯 새색시처럼 홍조가 돌고

오그라진 손발 펴지 못한 채
그림자로만 살아오신 시간 뒤로
입학식에 입을 새 옷과 신발, 책가방
세상을 향한 첫 발자국
그 옛날 어린 딸 손잡고
초등학교 가실 때처럼 꽃으로
환하게 피어나는 어머니

어머니의 봄날은 늘 황사 바람이었다
모래 알갱이에 벌겋게 눈이 짓물러 눈물샘
뿌옇게 터지던 날들

남은 생애는 어머니,
빨. 주. 노. 초. 파. 남. 보

무지개 꽃다발로
시들지 않는 햇빛 사랑으로
늘 거기 계세요

기대다

마음이 허공일 때가 있다
그때는 벽이 그립다
어디든 기대고 싶기 때문이다
마음은 정처 없어 머물지 않고
몸은 집에 들고 싶다
잎 다 떨어진 겨울나무 끝 우듬지
겨우살이 파르스름한 이파리들이
둥지처럼 기대있다
지상에서의 속울음 다 비워 내고
얇은 옷가지 훌훌 벗어버린
하얀 실뿌리로 유리병 속에
웅크린 생이여
텅 빈 어깨라도 괜찮다면 내어주마
좌절해 본 자만이
벽에라도 기댈 수 있다
사방이 막혀 답답한 벽이라고
함부로 말하지 마라
벽도 두드리면 때로 문이 되고
어디에 기댈 데도 없는 자의 등받이
튼튼한 버팀목이다

슬픔과 고요와 탄식으로 버무린
마음이 목마를 때
나를 막아선 벽에 기대본다
상처 많은 몸을 끌고 와
비구름처럼
허공에 꽂힌 자여
아직은 절망할 때가 아니다

꽃의 울음

검은 콜타르처럼 엉켜있는 심연에서 피어난
가시꽃들, 꽃의 울음이 세상의 모든 길을 삼켰다
망각의 동굴 속에 잠들어 있다 유령처럼 깨어나는 너
아랫배에 박힌 날카로운 칼의 존재를 기억하며 죽어서도
몸을 떨지 조율 안 된 음처럼 비명을 지르며 튕겨 나가지
이것 아니면 저것, 매순간 선택을 강요당하는 신의 피조물
나는 너를 만질 수 없다 너는 이미 죽었으므로
치명적 독성을 품은 가시꽃의 향기는 어디서 오나
그곳이 천국인지 지옥인지 알 수 없다

납가새

그녀는 시장 바닥에 엎드려 있다
삼복더위에 추위를 타는지 겨울 점퍼에
칭칭 목도리를 겹쳐 두르고 웅크린 채
처음부터 그곳에 오래 자리했던 화석인 양
더 이상 납작해질 수 없을 때까지
납작해져서 미라처럼 말라간다

길 위에 빈 발자국만 남기고 신발도 벗어버리고

모래 없는 일상을 생각할 수 없다
흘러내리는 모래 비를 맞으며 가시돌기는
뻗어가지요 피할 수 없는 국면이 다가온대도
도망치지 말고 우리 함께해요
희망을 키운다는 건, 어둠 속에서 잠시 눈을 감고
빛을 상상하는 일이지요

생의 뜨거운 분화구 위에 맨몸으로 서서
팔다리를 쫘~악 벌리고 날아올라요

행인들 그녀가 거기 있는 줄도 모르고 밟고 지나가고
폭염의 한낮 달구는 꿈의 난전이 어지럽다

봄밤

밤의 천변 지나가는데
물가에서 뒤척이는 새소리
걷던 걸음 멈추고
귀를 세워본다

산책로 길을 따라 촘촘히 박혀 있는
키 작은 회양목 사이 영산홍 붉은 꽃빛
소식 끊어진 지 오래인 옛사랑 같다

인도인들은 코끼리를 숭배하고
페루 사람들은 흰 라마를 아프리카의 어느 종족은
검은 양과 검은 송아지를 숭배한다고 한다
나는 그 시절 무엇을 갈망했을까

내 숭배의 대상은 그 하고많은 세상의
좋은 것들 다 버려두고 시베리아
설원의 자작나무 같은 당신이었지
자작나무 닮은 아이를 낳고 싶었지만

일찍 피었던 봄꽃 떨어지고

빈 가지에 꽃술만 남아 지나가는
바람에게
입술을 빌려준다

두 눈 친친 동여맨 사랑을 찾아
나는 오늘 밤 마른 물고기를 타고
진흙별에까지* 다녀오고 싶다

* 장석남의 시 「추억에서의 헤매임」에서 인용.

제3부

달 항아리 속의 고양이

새로 돋은 이빨이 간지러운지 벽을 긁다가

서재 꼭대기 뛰어올라 슬며시 아래를 훔쳐보다

달 항아리 속에 들어가 잠든 애기 고양이

가르릉 소리를 내며 구만리 꿈길 돌고 돌아

젖도 못 떼고 생이별한 어미와 상봉 중이다

온몸을 공처럼 둥글게 말아 웅크린 채

포근한 구름 수레에 실려 응석받이로 안겨 있네

쏟아질 듯 흘러넘치는 기분 좋은 햇살의

무량함이 체한 듯 둔중한 가슴을 씻겨 주네

극지에서

만성 폐쇄성 폐질환을 앓고 있다
날마다 딱딱하게 굳어간다
달과 태양과 바닷새의 눈물 녹아내리는 극지로
영혼을 옮겨 심고 싶었어
물길 막혀 버린 도시에서 나 아닌 타인에게
감춰둔 속마음 드러내는 건 위험하지
외롭다고 먼저 손을 내밀면 날카로운 칼날에
손목이 잘릴 수도 있어
위급한 상황마다 시치미 뚝 떼고 가면을 꺼내 써야지
가을볕 아래 심장이 잘 마른 고추처럼
타올라 통증이 혈관을 타고 역류하고 있어
깜깜한 골방에 갇혀 피 흘리며 울고 있어
상처 난 우리의 피를 지혈시킬 처방전을 줘
거머리 가루는 십 년이 지난 뒤에도 피만 보면
순식간에 빨아들인대
가슴에서 쉬어터진 휘파람 소리가 들려
파괴된 공기주머니들 갈가리 찢겨 뒹굴고 있어
당신과 나, 다시 낙원으로 회귀할 수 없을까
바다로 돌아가지 못하고 장님이 된
아마존강 분홍돌고래처럼 우리는

숨길의 통로를 잃어버렸어

늦었다고 생각할 때 마지막 패를

서로에게 던져봐

달과 태양과 바닷새의 눈물 녹아내리는 극지에서

아름다운 오로라를 만나고 싶어

단풍 한 시절

돈보기 도수 높아지고 가을은 깊어간다
시력이 나빠진 당신을 위한 색채의 만찬
색은 빛의 고통으로 빚어진 거라는데
어둠의 배경 없이 어찌 별이 빛날까
나무들 깔깔하고 건조한 목 축이며
비상의 몸짓 서두르고 있다
물든다는 건 숨겨 둔 상처의 통증 번져
서로에게 조금씩 곁을 내주는 것
좁은 골목길 들어가며 손잡아 주는 것
마음속 캄캄한 암실서 건져 올린
총천연색 사진 같은 것
불 꺼진 병원 복도에 앉아 하염없이
눈물 흘리던 당신과 울어주는 것
우주 저편에서 들려오는 신의 숨소리
귀 기울여 보는 것

돋보기를 벗으면 흰 백지에 검은 것만 남아
허물 벗은 뱀처럼 꿈틀거린다
단 한 번도 민낯을 보여 준 적 없는 당신
화장을 지우고 내 앞에 서있다

비상등 켜고 역주행하는 고속도로에서
두 눈 크게 뜨고 마주친
눈빛으로 타오르고 있다
헛것인 나를 저물도록 품어주었던 한 시절

바람의 얼굴로

가을비 속에
노랗게 불 밝힌 은행나무
하늘 향하여
두 손 모아 기도하고 있다
머리 위에
어깨 위에
슬픔으로 움푹 파인
가슴속으로
막혔던 봇물 터지듯
알 수 없는 해독 불능의 말로
빗물 고인 발밑에
후두두둑
쏟아지는
황금빛 몰약들

아무에게도 보여 준 적 없는
바람의 얼굴로
당신이
죄 많은
지상에 다녀가셨다

레퀴엠

병원 복도에 주저앉아 창밖만 보던 시간 삭제해 줘 사과처럼 향기로운 입술만 기억할 거야 치수 틀린 환자복 입은 배역 사양하고 싶어 빈 객석에 울려 퍼지는 타다 남은 재의 노래가 들려 겁에 질린 귓바퀴 후려치는 검은 협곡의 바람 소리도 들어봐 물병자리에 물이 새고 있어 윤달은 잉여의 달 묏자리를 이장하고 새집에 들기 좋겠지 찰방찰방 달의 우물 속에서 길어 올리는 일촉즉발의 순간들 죽음의 습지를 건너가는 너의 흰 맨발이 보여 너를 겨눈 총구 혹은 중력의 울타리를 벗어난 오로라의 파열음, 지울 수 없는 붉은 주저흔

부록처럼

어쩌다 그 자리에
날아와 앉은 걸까
앞마당에 불시착한
멧새 한 마리
고양이가 앞발로 툭, 건드리며
노려보고 있다
죽은 듯 몸 웅크린 채
깃털 속에 부리를 묻고
심장 팔딱이며
이 낭패를 어찌하나
골똘히 궁리하는 숨죽인 시간
겁먹은 까만 눈이 애처롭다

고양이에게 저 작은 새는
때로 삶이 지루할 때
들어가 읽고 싶은
한낮의 무료 일깨운
신기한 책이 아닐까?

봄 안부

향기 자욱한 봄눈 내려 꽃가지마다 눈물빛 아롱아롱 꽃등
아름다운 봄날입니다 어머니, 당신 손 부여잡고 연둣빛 물오른 강가
나들이 갈까요? 얼음 풀린 그곳에 어여쁜 꽃배 띄우고 말갛게 속 비치는
낮술 한 잔 주거니 받거니 불콰하게 취해 볼까요?
밤마다 바람벽에 긴 한숨 칼금처럼 그어놓고 몸 웅크리고 누운 채
시커멓게 타들어 가던 가슴 뜬눈으로 보낸 속내 풀어볼까요?
남들 다 가는 꽃놀이 한번 못 가본 봄날은 그렇게 아득바득 세월만
흘러가 버렸습니다 저만치 손 닿을 수 없는 저편에
당신이 있고 내가 있고

아득한 봄빛을 품고 영영 잡을 수 없는 봄날이 흔들려요
.
.
.
어머니!

꽃비 내릴 무렵

잿빛 하늘 걷어내며
봄꽃들 폭죽처럼 피었다
사라진 공원 산책 길
발밑 가득 흰 새의 깃털 그득하다
이팝나무 고봉밥 한 상 가득
새들에게 먹이더니 그들이 놓고 간
감사의 밥값일까
어젯밤 죽은 누이가 물병자리에 앉아
물 긷는 꿈을 꾸었다
불온한 죄의 얼룩으로 일그러진 채
검은 습지에서 날아오르는 새 떼들
파국이 오기 전 손을 내밀어야 했어
허공에서 너의 얼굴 꽃처럼 활짝
캄캄한 하늘 꼬리별로 사라졌지
뼛속을 비어내면 비명도 지워질까
슬로비디오로 떨어져 내리는
붉은 홍매화 꽃다운 얼굴
기억 속에서 잘라내고 싶었던 그날
몸속의 전원 끄고 꽃그늘 아래
너는 누워 늙지도 않고

검버섯 쭈글쭈글한 노파 한 사람
서러운 꽃비 내리는 나무 아래
우두커니 서있다
죽음이 휘핑크림처럼 몸에 섞이는
돌아 나오지 못할 생의 에움길이다

궁평항

바닷가 방파제 옆구리까지 출렁거렸다
사람들이 던져주는 과자 쪼아 먹겠다고
무서운 속도로 달려드는 갈매기 떼
아이를 목말 태우고 젊은 아빠는 싱글거리고
가방을 둘러맨 여자 손가락으로 파도 가리키며
깔깔깔 웃음 폭탄이다
천막 친 노천 식당 오고 가는 소주잔에 회 한 접시, 조개구이,
장어 굽는 냄새와 연기에 시간 가는 줄 모르고
왁자지껄 축제 한마당
일몰이 아름답다는 이곳에서 사나흘쯤 잠수 타고
갯바위 낚시나 하며 어스렁어스렁
배를 타고 무인 등대 불빛 깜박이는
입파도, 국화도로 숨어들까나
끝끝내 부치지 못한 가슴 한켠 숨겨 둔 연서를 꺼내
해풍에 조각조각 날려 보낼까
검푸르게 출렁이는 물길을 열어 감춰진
섬과 섬 사이 무동력 배 한 척 띄워본다

봄꽃들 흐드러지게 꽃잎으로 날리고

날은 저물고

갈 길은 멀다

그만의 비밀

찬바람 불면 어김없이
고물 트럭 끌고
거리에 나타나는 외팔이 아저씨
그가 구워내는 붕어빵에는 그만이 아는
비밀이 숨겨져 있지

사람들은 모르지만

세상에 단 하나밖에 없는 하늘 화덕에서
오직 눈물과 소금으로만 반죽하여 빚은
황금빛 아가미 뻐끔거리는 붕어들
숨 쉬고 있다는 것

잘려 나간 팔 하나로 세상을 버티지만
두 손 가진 나보다도 더 힘이 센 그는
날마다 하느님과 맞장 뜨는
좌완 투수

불 밝힌 집을 향하여
당신이 종종걸음 치며 지나갈 때

바싹 구워진 뜨거운 심장이

종이봉투에 담겨 있다

믿음 하나로

보이지 않는 눈으로
21년째 산을 오른다는 부부
남편은
앞에서 끌어주고
아내는
뒤에서 밀며
서로에 대한 믿음 하나로
가파른 산길도 벼랑도
더듬더듬 지팡이 짚으며
눈 멀쩡히 뜬 사람들보다
더 씩씩하게
명랑, 쾌활, 상큼하게
산 정상에 서있다

“어떻게 그럴 수 있나?”
기자의 우문愚問에
“안 믿으면 못 오지
믿으니까 따라오지”
아내의 현답賢答

두 눈 커다랗게 뜨고도
밥값 못하고 살아온 것이
참으로 부끄럽다

물끄러미

가을이가 잠을 자며 발바닥을 빠는 건
어미로부터 분리된 애정 결핍이라면 내가
가위눌려 헉헉대는 건 밤마다
악몽을 꾸기 때문이다 중요한 것은
얼마나 오래 살았느냐가 아니라 얼마나 깊이
살았느냐 그것이 문제라는데
나는 이것도 저것도 아닌 채로
밥만 축내는 밥벌레로 산 거 같아서
왠지 잠자리도 편치 못하고
제 꼬리를 물려고 맴을 도는
가을이만큼도 즐겁지 않다
티브이를 보는 것이 지상의 낙이라는 듯
게으르게 뒹굴며 시간을 죽이고
세끼 밥은 꼬박꼬박 챙겨 먹는 잉여인간
몽상과 망상 사이 드나들며
달의 순환주기 따라 천국과 지옥을
왕래하는 조울증 환자
살아가는 매순간 소심한 강박증이
목줄을 죄고 흔들어댄다
운 나쁜 날은 멈추지 않는 기침에

기도가 막혀 죽을 뻔하다
뒤통수에 달라붙어 떨어지지 않는
검은 그림자 흘겨보며
날 놓아줘, 제발! 애원도 하고
사람의 거죽만 둘러쓴 채 벽에 걸린
박제 표본으로 늙어간다 그저 물끄러미

슬픔의 허리둘레

오늘의 특별 메뉴는 난청의 귀 얇게 저며
바람 소스 듬뿍 얹은 망상의 그라탕

마음 정처 없어 허공에 헛발질하다
초점 잃은 동공에 꽃을 꽂고 놀았지
포르말린 냄새 날리며 달의 분화구에서

"머리카락 보일라 꼭꼭 숨어라"

세상은 날지 못하는 자에게 커다란 감옥일 뿐

가슴이 텅텅 큰 소리로 울 때 물기 말라버린
검은 그림자 창살에 갇혀 펄럭거리고
나는 꽃 진 막막함 들여다보며 사슴벌레의
유순한 눈빛 떠올렸다

슬픔의 허리둘레만큼

온기는 남아 지상의 마지막을 배웅했다

붉은 비문

해가 붉게 지고 있다

감춰진 적의를 드러낸 이파리들
길 가는 행인들의 발목을 찌르며
여기저기 흩어져 나뒹굴고

가미카제식 필살 검법으로
무차별 쏟아지는 공중 낙하

재개발로 내몰려 하천 변에
뿌리내린 그때부터 그들의 가계는
불가촉천민

아무리 손 뻗어도 하늘의 속살
만질 수 없다

얼마나 오랜 고요가 쌓이고 쌓여
붉은 비문 하나 새겨
타오를 수 있을까

더 이상 물러날 곳도 없는 그곳에
온몸으로 날을 세운 그들이 있다

돌아 나오다

그는 늘 현실과 불화 중이다
길을 건너다 객사한 자의 스키드 마크
선명한 그곳에 지워지지 않는
시간의 연대기
얼룩져 있다
기억할 수 있는 것만 기억하는 건
불공평하다
기억 너머 똬리 튼 맵고 짜고
눈물 나던 한순간 감춰진
그림자 호출해 주렴
외로움이 깊어 상처 또한 깊었다고
흔히들 말하지
영화가 끝나고 자막 위로
엔딩 크레디트 올라갈 때
텅 빈 객석에 홀로 앉아
발톱을 감춘 야생 고양이처럼
몸을 떠도는 불길한 징후
아무에게도 들키지 않게 꼭꼭 여몄다
지워지지 않는 문신처럼
어긋난 생의 기록들

빼곡하게 채워진 그의 서재
활자들이 날아다니던 그의 일터
난독의 나날들

깜깜한 이승의
골목길 돌아 나오는
당신에게서 살구 냄새가 난다
어디 먼 데라도 다녀오는지
입가에 잠시 미소가 다녀갔다

잠이 깨다

아스팔트 위 검은 새가 앉아있다 큰길 한복판 가부좌 튼 채 어쩌면 해탈한 것인지 조류계의 순교자로 남으려는지 자동차와 덤프트럭이 질주하는 차선 점령하고 움직이지 않는 새, 새의 자살 시위 현장에 구급차 사이렌 소리 요란하고 새는 티브이 뉴스에 생중계되고 실시간 검색 순위로 이름을 올렸다 새는 점점 새 아닌 것으로 변해 간다 부풀려진 소문과 거짓 실체, 상상하지 못했던 괴물로 변질되거나 오염된 그 무엇, 누구도 새의 본질에 대해서 말하지 않는다

빈 새장 속에 누워있다가
지저귀는 새소리에 놀라 잠이 깨다

제4부

말린 자두를 먹는 오후

낡은 선풍기
우기의 무거운 기계음으로
덜덜덜 돌아가고
고양이는 침대 위에 두 다리를
뻗은 채 자고 있다
오는 사람도
가는 사람도 없는 골목길
그는 시간 밖에서 서성이는
시간의 그림자
아무도 그를 호출하지 않았다
그는 너무 늦게 이곳에 도착한
초대받지 않은 불청객
느릿느릿 창밖으로
더위 먹은 구름 흘러가고
손바닥 위에 무료한 햇살
귓바퀴에 탄식처럼 매달렸다
물기 말라버린 혀끝
독초처럼 자라는 슬픔에
검붉은 심장을 씹고 있다

어느 날 문득

너무나 익숙한 풍경이 낯설다
익숙한 모든 것이 처음 본 순간으로
다가와 말을 건네고 그 자리를 지키던
익숙한 당신이 무섭고 불편하다
당연한 것들이 사실은 당연하지 않다
인간은 쓸데없는 일을 만들어 스스로 괴로워하는
존재라고 말한 이도 있지만 쓸데없는 일이
스스로를 증명하고 존재하게 한다는 걸
아무것도 하지 않는 것이 치명적 오류임을
길 없는 길이 길을 만들고
모든 길은 첫걸음부터 시작되는 것
익숙한 모든 것에서 도망치고 싶다
늪처럼 고여서 썩어가는 일상으로부터
익숙한 모든 것들이 나를 배반하고
미친 듯이 봄꽃들 피었다 진다
당신이 만든 완벽한 알리바이가
무너지는 봄날이 무섭다
무너진 폐가에 서있는 붉은 꽃나무
꽃나무 아래 서있는 당신이
난생처음 본 사람처럼 낯설다

무수한 생각들 꽃으로 피어나 나를 삼키고
간절함이 쓸쓸한 꽃으로 지고 있다
익숙한 풍경이 너무나 익숙해서 낯설다

와락, 덤벼드는 봄

봄은 통속적이다
습관처럼 언 땅이 녹고
도저히 참지 못하겠다는 듯
꽃들이 순식간에 핀다
땅속 깊은 곳에서부터
팝콘처럼 터지는 웃음소리
오래도록 추웠던 얼음 굴에서 기어 나와
늙은 비단구렁이 몸을 풀고
공원을 산책하는 사람들
새처럼 지저귀고
벤치는 손님 받기 바쁘다
목줄 잡혀 주인에게 끌려가는 강아지
꼬리 흔들며 똥을 떨군다
구겨진 지폐 몇 장에
싸구려 지분 냄새 풍기며
와락 덤벼드는 봄
고통도 슬픔도 다 잊은 백치의 봄
희망은 늘 지루하고 답답하고
끝없이 이어지는 왜곡된 말놀이
육교 위에 바닥이 되어 엎드린

걸인처럼 쇠락해 간다
한때 눈부시게 빛났을 당신의 어깨 위
자랑스럽던 훈장처럼 번쩍였을
우리들의 잃어버린 봄
한낮 낮 뜨거운 치정의 현장을
관통한 한 발 총성에
치명적 내상을 입고
구급차에 실려 간다

햇빛 아래 슬픈 날

봄의 잎눈들이
외눈박이 초록 괴물로 쳐들어와요
끈적이는 바람의 촉수에
몸을 맡기고 가시 굴헝길
꿈지럭거리며 기어가요
눈물이 핏물 같은 오월의 한낮
불온한 피의 가계에 소스라치는
햇빛이 하수도로 마구 쏟아져요
이렇게 날씨가 좋은 날은
뼛속 깊이 슬픔의 진액으로 쟁여진
칼날이 정수리를 겨누지요
차라리 비가 오거나 천둥이 치거나
캄캄한 그런 날이 좋아요
불면의 밤마다
얼음 손으로 당신의 심장을 꺼내
날카로운 송곳니로 찢어발겨요
햇빛 눈부신 날은
흉몽 속에 전리품처럼 걸어둔
흐린 날의 안부가 궁금해요
거대한 짐승의 검은 아가리 같은

싱크홀 속으로 사납고 두려운
미친 마음이 뛰어내려요
햇빛 아래 슬픈 날 자식 잃은 어미는
강둑에 머리 풀고 울고 있어요
화창한 봄날이 무서워요
날씨가 너무 좋아서 슬퍼져요

가을이 틀니를 하고 있다

삐거덕거리는 이빨 사이 순식간에
당신이 배달되는 아침이다
조간신문 일면에 클로즈업되어
웃고 있는 어제의 안부
세상은 거꾸로 물구나무서서
배 터지도록 주먹감자 먹여 댄다
나는 갑자기 현관문 활짝 열고
미친 듯이 뛰쳐나가고 싶다
승자만이 살아남는 제로섬게임
변방의 도박꾼은 지기만 한다
도시의 네온사인 불빛 향해
무덤인 줄 모르고 달려드는 불나방들
밤바다 환하게 불 밝힌 집어등 아래
죽음의 덫인 줄 모르고 모여드는
눈먼 오징어 떼
잘 맞지 않는 치아가 조금씩 어긋나고
부정교합의 당신이 퀵서비스로
배달되는 저녁이다 석간신문 하단에
검은 띠 두르고 웃고 있는
오늘의 부고장

이빨이 몽땅 빠지고 잇몸이 썩어간다
나는 당신에게 닿을 수 없다 붉은 여왕에게
손목 잡혀 달리는 앨리스처럼 아무리 달려도
늘 같은 자리 맴돌 뿐이다

어둠은 불면의 그림자를 끌고

너무 많은 일들이 일어났다
시간이 정지된 듯 상점들의 셔터는 닫혀 있다
어둠은 불면의 그림자를 끌고 창밖에 서성이고
나는 밤이 오는 것이 두렵다
잠이 들면 꿈속에서
죽은 자들이 좀비처럼 떼 지어 몰려와
사방에서 벽처럼 나를 에워싸고
나는 비명을 지르며 용수철처럼 튕겨 나간다
검은 심연의 바깥으로

죽음보다 삶이 무거운 유형지의 밤
육신의 통증을 작은 약병들에 옮겨 담는다
아름답고 화사한 빨. 주. 노. 초……
둥글고 길고 네모난 알약들

세상의 나침반들이 거꾸로 돌기 시작한 그날
당신은 한 줌 재로 남겨져 땅에 묻히셨다

아버지,
모든 기억을 지우면서 무덤 위에 검은 눈이 내려요

봉인된 시간의 병뚜껑을 따면
되돌릴 수 있을까요

오늘도 행복나무는 해피해요

1

싱싱한 녹색의 보석처럼 빛나는 눈을 가졌습니다
긴 팔과 다리를 쭉 뻗으면 우아한 발레리나 춤사위지요
창으로 불어 드는 미풍에도 감사할 줄 아는 미덕을 지녔어요
잎 모양이 웃는 모습을 닮아서 행복나무로 불리지요

2

웃음소리로 나를 치장한 채
눈을 뜨고 잠을 자고 온 우주가
해피하다고 굳게 믿기에
불행 따위 끼어들 틈이 없지요
의심 많은 당신은 모르지요 초록의 미세한 잎맥 사이
촘촘히 여민 행복의 포만감 따위 몰라요
밥을 먹지 않아도 배고프지 않아요
허파 가득 행복의 웃음소리 넘쳐나서 공복의
쓰디쓴 시간 학습하지 못했습니다
내게 입력된 지시어는 오직 '행복'뿐이에요
비가 오거나 눈이 오거나 그 자리
붙박이로 놓여 있지요

3

해가 뜨고 지는 창가에 기대 내가 모르는
다른 세상을 가끔씩 훔쳐보기도 해요
행복의 실체는 무엇일까요 나의 정체성은 오리무중입니다
갑자기 나는 나 자신이 두렵습니다
끝까지 가보지 못한 미완성의 모든 것들이
아우성치며 달려드네요

오늘의 희망 뉴스

눈이 없다
코가 없다
입이 없다
뭉개진 얼굴로 발밑에 버려져 뒹굴고 있다
아비도 모르고 어미도 모르고
행려로 떠돈 지 오래되었다
역하고 추한 비린내 계엄군처럼
모든 통로를 봉쇄시켰다
저마다 악다구니로
나만이 살길이라고
나를 따르라고
구호를 외치고
절망을 폐기 처분 중이다
그러나 우리는 알지
절망과 희망은 한통속이라
어둠 속에서 걸어나갈 때
빛의 출구가 보인다는 걸

비굴한 기대치 속에
해는 날마다 뜨고 진다

오늘도 나는
쓰레기통 속에 버려진 장미를
병이 깊은 너에게 보냈다

불면

무덤 속이 조용한 것 같아도

귀는 세상 밖으로 늘 열려 있다

온갖 불평불만 소리들, 잡음들

미궁 속 실타래로 표류 중이다

침묵 속에 날카로운 질문을 숨긴 채

입국 심사도 받지 않고 제멋대로

국경을 넘어오는 밀입국자들

밤의 검역관에게 목덜미 잡혀

아무도 돌보지 않는 독방에서

속수무책 고문당하고 있다

까마귀가 있는 아침

무덤 밖에서 목쉰 소리로
하루가 밝았다고, 아침이 왔노라고
시끄럽게 울고 있다 밤새 어디 숨어있다가
날마다 찾아오는 것일까
검은 사제들, 죽음의 정령들, 한 시대의 예언자들
무기도 전략도 없이 휴식도 질주도 없이*
지치지도 않고 영혼 없는 삶의 문고리를
쪼아대며 울부짖고 있다
희미하게 빛이 든 적도 있었지만
내가 잠든 이곳은 깜깜하고 습하고 더럽다
맹목적 믿음 속에서 부활을 꿈꾸던 시대는
먼지처럼 사라졌다
불안은 박테리아처럼 밤을 갉아먹고
어둠 속에서 거인처럼 몸을 부풀린다

반복되는 시간의 지리멸렬한 풍경을 뚫고
힘차게 솟구치는 까마귀 떼

* 토마스 트란스트뢰메르 「헤엄치는 검은 형체」에서.

다른 생의 시작

예열된 오븐 속에서
눈의 심장이 뜨겁게 녹아내려요
타이머는 돌아가고
땅속 깊이 언 발을 묻고 잠자던 것들
팡! 팡! 팝콘처럼 터져 올라요
모든 꽃들의 출산이 임박했다고
경고음 울리며 한낮의 구급차 달려가요
해마다 어김없이 꽃은 피고 지고
둥근 무덤마다 모락모락
아지랑이 피워 올라요
향기로운 눈발로 휘이익, 젖은
꽃잎들 떨어져요
팔 벌리고 안기고 싶은 환장할 봄날
당신은 어디 있나요
기다리는 모든 이에게
아득한 경계 저 너머 눈먼 그리움
유서처럼 쏟아져요
예열된 오븐 속에서
이제 막 몸을 푼 눈의 심장이
벌겋게 달궈진 쇠꼬챙이에 끼어

빙글빙글 돌아가요

말갈기 휘날리며 달려 나오는

푸른 말발굽 소리

또 다른 생의 시작인가요

밤눈

눈이 내린다
가로등 불빛 사이 단호하게
하늘에서 지상으로 타전되는
백색 계엄령
철 지난 유행가 가사처럼
거리마다 대설주의보 한파주의보
출처 없는 희망주의보
버려진 전단지처럼 나뒹굴고
수도꼭지 꽉 잠근 집집마다 동파주의보
술 취해 비틀거리는 행인 사이로
꼬리 잘려진 어제가 튀어나온다
외투 깃 여민 채 종종걸음 치는
발자국, 발자국들
날마다 반복되는 일상의 악취 덮으려는 듯
예고 없이 살포되는 백색의 공포
당신의 심장을 강타한다
순식간에
이 도시는 봉쇄되었다

천변에서

산책길에 뱀을 만났다 살모사도 아니고 꽃뱀도 아닌 실뱀 한 마리, 황급히 풀섶에 몸을 숨기는 뒷모습 안쓰럽고 슬퍼보였다 고층 아파트 그늘 아래 풍찬노숙의 삶이라니! 잡초 우거진 어딘가에 땅굴이라도 숨겨 둔 걸까? 물결 따라 느릿하게 흘러가는 시간들, 티브이에서 토해 내지 못한 자질구레한 사건 사고들, 모래 둔덕 위에 옹기종기 앉은 흰 물새 떼, 바람도 햇빛도 스쳐 가고 흘러가는데 나는 우두커니 눈앞에서 놓친 뱀의 실체를 더듬고 있다 서쪽으로 기우는 슬픔 한 덩이 베어 문 채 어두워지는 천변에 발을 담그고 서서,

어제도 오늘도 그저 그런 가늘고 긴 형상의 나날이 무심하게 지나가고 아무 일 없다는 듯 해가 저문다

동행

낮달 같은 희망이
어제 같은 오늘의 구름 장막 뚫고
슬며시 손 내밀며
괜찮지?
안부를 물어온다

희망은 절망의 또 다른 몸이라서
방부제처럼 썩지도 않고
세세연년
사이좋게

샴쌍둥이로 붙어있다

해 설

저항의 밀도

이병헌(문학평론가)

최춘희 시인은 오랜 기간 죽음과 삶의 문제에 천착해 왔다. 어떠한 인간관계나 지병, 가족의 죽음 등이 이러한 실존적 문제의식의 배경이 되었으리라 추측할 수 있다. 그러나 한 시인이 동일한 주제에 20년 이상 몰두해 온 데에는 외적인 상황만으로는 설명할 수 없는 다른 이유가 있는 것이 아닐까 다시 한 번 생각하게 된다. 옥타비오 파스가 죽음은 단지 삶 안에서, 삶에 의해서만 가능하다고 한 것은 죽음도 삶의 일부분이라는 말일 것이다. 최춘희 시인 또한 죽음을 삶의 일부로 받아들이면서도 끈기 있게 그에 저항하는 몸짓을 보여 준다. 봄을 노래하는 많은 시편들이 예증한다. 그 저항의 밀도는 이번 시집에 이르러 최고조에 달했다. 그의 시편들에 자주 등장하는 그로테스크한 이미지들 또한 그러한 저항의 표현이다. 그것은 시인의 무의식의 심연으로부터 떠오른다.

나를 보는 너의 두 눈
나뭇가지에 슬픈 듯 걸려 있네
잠 속에서도 끈끈이처럼 엉켜
악몽처럼 매달려 있네
언제부터였을까
우리의 기묘한 동거는
서로의 내장을 파먹고
뼈를 발라 시궁창에 던졌지
바닥은 눕고 보면 참 편안해
스펀지처럼 영혼을 빨아들이지
엄마의 자궁 속으로 들어온 거 같아
위로만 향하던 더듬이
아래로 방향을 조금만 틀어봐
새로운 세상을 볼 수 있지
그토록 갖고 싶던 평온이 몸을 눕히지

나를 보는 너의 두 눈
그날 그 시간처럼
나뭇가지에 슬픈 듯 걸려 있네
안개나무에 빗방울 떨어지고
검은 가지마다 벌레집처럼

너는 자라지 않는 아이가 되어

안개나무에 눈물인 듯 탄식인 듯
빗방울 떨어지고

—「안개나무에 빗방울 떨어지고」 전문

슬프고 끔찍하다. 하지만 아름답다. 안개나무와 방울져 떨어지는 빗물이 "서로의 내장을 파먹고/ 뼈를 발라 시궁창에 던졌"다는 괴기한 발언을 감싸는 몽환적 분위기를 조성하고 있다. 여기에 "그날 그 시간"에 멈춰 더 이상 "자라지 않는 아이"로 남아있다는 퇴행성의 언급과 '슬픔, 눈물, 탄식' 등이 이 작품에 낭만적인 분위기를 조성한다. 서로를 잡아먹는 '너'와 '나'의 기묘한 동거 즉 갈등과 반목의 결과는 둘이 모두 '바닥'에 눕게 되는 것이다. 이것은 "엄마의 자궁 속으로 들어"온 것처럼 편안한 상태이기도 하다. 화자가 그토록 갖고 싶던 것이 '평온'이라는 것을 보면 원초적인 무기물의 상태 곧 갈등이 없는 죽음의 세계로 돌아가고자 하는 타나토스적 욕망이 꿈틀대고 있는 것이 아닌가 하는 생각을 하게 된다.

이 작품에서 '너'와 '나'는 뚜렷이 구별되지 않는다. '나'와 '너'는 과거에 헤어진 연인 사이 같은데 "너의 두 눈"은 잠 속에서도 끈끈하게 '나'에게 달라붙어 있다고 한다. 이제 '너'는 기억 속의 존재인가? 나의 다른 모습인가. 그의 다른 시들에 등장하는 '나'와 '너' 혹은 '당신'과의 관계는 어떠한가.

가) 하루 종일 잠자고 밥 먹고 약 먹고
시체처럼 시간을 죽여 가는 당신
많은 날들이 버려진 달력이 되었다
고양이는 길 찾는 능력이 빼어나 먼 곳에
버려져도 집을 찾아온다고 하지
몸속에 나침반을 숨겨 둔 것처럼
지구 자기장의 변화를 감지하는 불가사의

…(중략)…

바람이 불어오는 향방도 감지 못하는
몸속의 센서 작동 불능인 면역 체계 제로의
당신, 만성 빈혈의 당신, 폐활량이 부족한
당신이 숨을 가득 모아 거대한 우주의
풍선을 불고 있다 저 먼 은하계에서
수천수만 년 나를 향해 걸어온
고양이 눈 성운 반짝이는 밤
히말라야 깊은 눈 속 푹푹 발을 빠뜨리며
아무 일 없다는 듯 그렇게 길 떠났다

—「샹그릴라」 부분

나) 죽을 만큼 아프거나 견딜 만큼 아프거나
일 년 삼백육십오 일 아프다는 너를 위한 조그만
호스피스 병동 짓고 싶어

벌레들이 파먹어 썩어 문드러진 사과의 심장
피돌기가 막힌 그곳에 잘 벼린 칼 하나 찔러 넣고
싶다고 너는 말하지

…(중략)…

거짓으로 옥죄여 온 욕망의 사슬 단칼에 끊어내고
자유로운 영혼으로 환생할지도 모르지

저 먼 우주에서 억겁의 시간을 건너뛰어
나를 건너가는 너를 만나 통정하고 싶은 봄밤

—「사과의 심장」 부분

가)에는 '당신'과 '고양이', 그리고 화자인 '나'가 등장하지만 이들의 관계는 일반적인 상식으로는 이해하기 힘들다. '당신'은 생명체로서의 많은 기능을 상실하고 약에 의지하여 연명하고 있다. 그는 폐활량이 부족한데도 숨을 모아 "거대한 우주의/ 풍선"을 불고 있다. 시체처럼 단지 시간을 죽이고 있는 것 같지만 한편으로는 '당신'의 삶이 자연의 일부로서 거대한 우주를 움직이는 동력이 되고 있다는 것이다. '고양이'는 그의 뛰어난 위치 감각을 발휘해 은하계를 건너 '나'를 찾아왔고 또 그를 떠나갔다고 한다. "내 몸의 풍향계"가 "만년설 빙하의 크레바스에 갇혀" 꼼짝 못하고 "휠체어에 앉아" 지내는 그 시절이 "고집스러운/ 눈사람"으로 표상된다면 '나'는 이미 '당신'과 동일시된 것이다. 그렇다면 '나'를 찾아 저 먼 은하계에서 온 '고양이'는 역경에 처한 화자를 위무해 주고 다시 길을 떠나는 존재로서 '님'과 같은 존재라 할 수 있다. '당신'의 어감이 일정 부분 '님'의 내포를 지닌 것으로 본다면 '나'와 '당신'과 '고양이'는 정확하게 일치하지는 않더라도 어느 정도 이미지를 공유한다. 이 시의 제목인, '잃어버린 고도'를 뜻하는 티베트어 '샹그릴라'가 '나와 당신과 고양이'에 환상성과 신비감을 부여한다.

나)의 '너'는 가)의 '당신' 혹은 '나'처럼 심각한 상태의 환자다. 그를 위해 화자는 "호스피스 병동"을 지어 인생의 마지막 시간을 평안하게 보내게 해주고 싶다. 그가 피돌기가 막힌 사과의 심장에 칼을 찔러 넣으면 "통증이 순간/ 사라"지거나 "자유로운 영혼으로 환생할" 것 같다. 칼로 심장을 찌르는 것은 끔찍한 퍼포먼스다. 하지만 이 장면은 '큐피드의 화살'의 형상을 닮은 것으로서 사랑의 완성을 꿈꾸는 행위이기도 하다. 이때 "저 먼 우주에서 억겁의 시간을 건너뛰어/ 나를 건너가는 너"는 누구인가. 앞서 살펴 본 가)의 "저 먼 은하계에서/ 수천수만 년 나를 향해 걸어" 왔다가 "히말라야 깊은 눈 속"으로 떠난 '고양이'와 같은 존재다. '봄밤'에 화자가 그와 통정하고 싶다는 것은 너무도 자연스런 귀결이다. 문제는 단 하나, 고양이 같은 '너'는 나를 찾아오지만 어느 순간 아무 일 없다는 듯 길을 떠나거나 나를 건너가고 만다는 데에 있다. 최춘희 시인의 이번 시집에 '불면'을 노래하는 작품이 많은 것은 이러한 고민과 무관하지 않다.

가) 신경증과 불면증에 시달리며
무엇에 쫓겨 살아온 걸까

귓속에서 귀뚜라미가 울어
죽은 고양이 울음소리도 들려
오늘도 나는 하루를 공쳤어

불빛에 허를 찔린 나방처럼
진실의 얼굴을 본다는 건 끔찍스럽지
잡을 수 없는 헛된 희망과 거짓 평가와 온갖 종류의 착각
몽땅 덜어내 앙상한 뼈만 남겨지니까

폐쇄 병동에 갇혀 가본 적 없는 유토피아를
너는 꿈꾸지

—「생일 편지」 부분

나) 이렇게 날씨가 좋은 날은
뼛속 깊이 슬픔의 진액으로 쟁여진
칼날이 정수리를 겨누지요
차라리 비가 오거나 천둥이 치거나
캄캄한 그런 날이 좋아요
불면의 밤마다
얼음 손으로 당신의 심장을 꺼내
날카로운 송곳니로 찢어발겨요

햇빛 눈부신 날은
흉몽 속에 전리품처럼 걸어둔
흐린 날의 안부가 궁금해요
거대한 짐승의 검은 아가리 같은
싱크홀 속으로 사납고 두려운
미친 마음이 뛰어내려요
햇빛 아래 슬픈 날 자식 잃은 어미는
강둑에 머리 풀고 울고 있어요
화창한 봄날이 무서워요
날씨가 너무 좋아서 슬퍼져요

—「햇빛 아래 슬픈 날」 부분

이 두 작품에서도 '너'와 '나' 혹은 '당신'과 화자와의 관계가 모호하게 설정되어 있다. 앞서 살펴본 것처럼 둘이 한 몸이자 다른 모습인 것으로 이해하면 될 것 같다. 이런 이중적 자아의 모습은 때때로 "뒤통수에 달라붙어 떨어지지 않는/ 검은 그림자"(「물끄러미」), "감춰진/ 그림자"(「돌아 나오다」) 등으로 나타나기도 한다. 최춘희 시인의 작품에 불면증에 관한 언급이 많은 것은 이러한 분열된 자아의 고뇌와 관련이 있는 듯하다. 가)에서처럼 귓속에서 이상한 소리가 들리는 것은 자아의 분열을 겪는 사람들이 흔히 가진 증상이다. 귀뚜라미 소리가 들린다는 것은 흔히 듣는 말이지만 고양이, 특히 죽은 고양이의 소리가 들린다는 것은 특이한데 이 고양이 또한 앞서 살펴본 「샹그릴라」나 「남천」 「꽃의 미식가」 등 시인의 다른 시들에 등장하는 고양이처럼 자아와 불가분의 관계를 형성한, 또 다른 자아라고도 볼 수 있는 존재이기도 하다. 여러 소리들이 들리는 듯해 불면의 밤을 보내는 화자는 "헛된 희망과 거짓 평가와 온갖 종류의 착각"을 제거해 앙상한 뼈만 남은 "진실의 얼굴"을 보게 된다. "폐쇄 병동에 갇혀 가본 적 없는 유토피아"를 꿈꾸는 '너'는 바로 화자인 '나'다.

나)의 화자는 날씨가 너무 좋은 '화창한 봄날'에 오히려 슬픔이 극에 달하며 무섭기까지 하다고 한다. 정수리를 겨눈 슬픔의 칼날로 인해 그는 '불면'의 밤을 보내며 "얼음 손으로 당신의 심장을 꺼내/ 날카로운 송곳니로 찢어발"긴다는 그로테스크한 발언을 한다. 그의 슬픔은 '자식 잃은 어미'의 슬픔에까지 닿아있다. '싱크홀'처럼 끝이 안 보이는 어둠의 동굴 속에 함몰되어 있는 듯한 느낌이다. '당신'은 과연 어떤 존재이기에 이런 극단의 상상을 하게 되는 것일까. 우리가 지금까지 살펴본 바에 의하면 '당신'은 화자 자신의 다른 모습에 가까운 것이었다. 그러나 우리는 아직 그의 상실감의 근원에 도달하지 못했다. 시인의 다른 시 「어느 날 문득」에서 화자는 "당신이 만든 완벽한 알리바이가/ 무너"지기 때문에 '봄날'이 무섭다고 한다. 그리고 익숙한 '풍경'과 익숙한 '당신'이 낯설고 무섭고 불편하다고 한다, '익숙함'이라는 알리바이를 부인하는 것은 어쩌면 인생 전체에 대한 부정이라고도 할 수 있을 것이다. 화자는 어느 순간 익숙해서 몰랐던 풍경들의 속내를 들여다보았다고 한다. 그리고 그것은 '낯설고 끔찍하다'고 함으로써 공동체적 안목의 기계성을 완강히 부인한다. 최춘희 시인은 이십 년이 넘는 세월 동안 많은 시편들에서 봄을 기대하는 포즈를 취해 왔는데 그것이 여기서 무너지고 있다. 그동안 시인이 꿈꾸고 노래하는 '봄'이 "탈골한 뼛가루 눈처럼 날리던 봄날"(「시절 하나 가고 있다」)이거나 "서러운 봄날"(「섬」, 『세상 어디선가 다이얼은 돌아가고』)이었던 것을 이제 조금 이해할 수 있게 되었다.

아래 작품들에서 볼 수 있는 비극적 인식 또한 그러한 상실감과 비전의 부재를 드러내는 것이라 할 수 있다.

> 가) 죄의 얼룩이 간밤의 비에도 씻기지 않고 붉은 핏자국으로 남아 벽에는 총알 자국뿐인 새벽입니다 새끼 잃은 어미고양이 지붕 위에서 울부짖고 창밖은 어둠뿐 해는 언제 뜨는지 물러날 곳 없는 백척간두의 칼날 위에 서있는 맨발의 시간입니다 현장검증은 아직 끝나지 않은 채 묵묵부답 신문의 검은 헤드라인으로 클로즈업되는 당신의 알리바이는 무엇인가요?
> 아무 곳에도 뿌리 내리지 못하고 떠다닌 빈 몸의 그림자를 껴안고 녹슨 대못 하나 모가지가 부러진 채 녹슬고 있습니다
>
> —「피에타」 전문

> 나) 병원 복도에 주저앉아 창밖만 보던 시간 삭제해 줘 사과처럼 향기로운 입술만 기억할 거야 치수 틀린 환자복 입

은 배역 사양하고 싶어 빈 객석에 울려 퍼지는 타다 남은
재의 노래가 들려 겁에 질린 귓바퀴 후려치는 검은 협곡
의 바람 소리도 들어봐 물병자리에 물이 새고 있어 윤달
은 잉여의 달 묏자리를 이장하고 새집에 들기 좋겠지 찰
방찰방 달의 우물 속에서 길어 올리는 일촉즉발의 순간
들 죽음의 습지를 건너가는 너의 흰 맨발이 보여 너를 겨
눈 총구 혹은 중력의 울타리를 벗어난 오로라의 파열음,
지울 수 없는 붉은 주저흔

—「레퀴엠」 전문

'피에타'와 '레퀴엠'은 슬픔의 정서를 잘 드러내는 종교적 단어라 할 수 있다. 라틴 어원의 단어를 제목으로 한 위의 두 작품은 '맨발'과 '총'이라는 단어를 공유하고 있다. 가)의 '맨발'은 십자가에서 돌아가신 예수를 상징한다. 나)의 '맨발'에는 죽음이라는 의미가 더 강하다. 가)는 '총알 자국'이 암시하듯이 살인의 현장을 검증하는 상황을 그리고 있는데 마리아의 슬픔과 희생자 부모의 슬픔, 그리고 '새끼 잃은 고양이'의 슬픔이 중첩되어 있다. 여기서 "백척간두의 칼날 위에 서있는 맨발의 시간"은 "아무 곳에도 뿌리 내리지 못하고 떠다닌 빈 몸"으로서의 화자가 처한 절체절명의 상황을 표상한다. "당신의 알리바이"를 묻는 것은 화자를 이런 지경에 이르게 한 '당신'의 죄를 묻고 있는 것이다. 여기서 '당신'은 연인이나 배우자 혹은 절대자의 함의를 지닌다. 그러나 또한 그는 앞서 살펴본 바와 같이 화자의 또 다른 모습에 더 가

깝다고 할 수 있다. "모가지가 부러진 채 녹슬고 있"는 대못의 이미지 또한 정곡을 찌르는 표현을 얻지 못하고 번민하는 황폐한 영혼의 화자 스스로에 대한 비유임은 물론이다.

앞에서 '당신'이 '절대자'의 함의를 지닌다고 했는데 이것을 '당국자' 혹은 '정부'로 바꾸어 읽는다면 '대책 없는 무능력한 정부'와 '구원의 손길을 거부한 신'을 원망한 「검은 비」와 같은 사회적 저항의 발언으로 변모한다.

나)의 화자는 병동에 입원해 있던 무료한 날들을 부정하지만 "타다 남은 재의 노래" "검은 협곡의 바람 소리" 등 스산한 소리만이 그의 귀에 들려온다. 진혼곡이면서 환청이라고도 할 수 있다. 물이 새는 물병자리의 허무함, 윤달의 잉여성이 죽은 귀신들을 소환하는 가운데 예수의 주검이 떠오른다. "너를 겨눈 총구"와 "주저흔"은 타살과 자살의 사이를 미끄러지는 화자의 무의식의 편린으로 보인다. 지상과 천국의 사이에 펼쳐진 오로라의 환각마저 파열시키고 마는 '일촉즉발의 순간'이 장송의 곡조를 따라 폭발하기 직전이다. 최춘희 시인은 누워 늙지도 않는 죽은 누이의 모습과 "서러운 꽃비 내리는 나무 아래/ 우두커니 서있"는 노파한 사람을 대비시킨 후 '죽음'을 "휘핑크림처럼 몸에 섞이는/돌아 나오지 못할 생의 에움길(「꽃비 내릴 무렵」)이라고 설파한 바 있다. 시인은 예수의 부활이 전제된 피에타를 노래하기도 하지만 이렇게 재생이란 희망을 부인하기도 한다. 이런 우울한 국면에서 시적 저항의 밀도가 최고조에 달한다고 할 수 있다.

그렇다면 그의 시에서 희망은 과연 어떤 모습일까.

구겨진 지폐 몇 장에
싸구려 지분 냄새 풍기며
와락 덤벼드는 봄
고통도 슬픔도 다 잊은 백치의 봄
희망은 늘 지루하고 답답하고
끝없이 이어지는 왜곡된 말놀이
육교 위에 바닥이 되어 엎드린
걸인처럼 쇠락해 간다
한때 눈부시게 빛났을 당신의 어깨 위
자랑스럽던 훈장처럼 번쩍였을
우리들의 잃어버린 봄
한낮 낮 뜨거운 치정의 현장을
관통한 한 발 총성에
치명적 내상을 입고
구급차에 실려 간다

—「와락, 덤벼드는 봄」 부분

'봄'은 '희망'의 다른 이름이다. 그런 자랑스러운 봄을 '우리들'은 잃어버렸고 그 봄이 싸구려 지분 냄새 풍기는 치정의 현장과 동일시되면서 총을 맞고 구급차에 실려간다. 이 순간 '희망'은 "육교 위에 바닥이 되어 엎드린/ 걸인처럼 쇠락해 간다". 연극의 한 장면을 보는 듯한 활유적 묘사를 통해 우리는 '희망'의 전혀 다른 내포를 접하고 머릿속이 환해지는 느낌을 받는다. "희망은 늘 지루하고 답답하고/ 끝없이 이어지는 왜곡된 말놀이"가 되어버렸다. 시인의 절망의 깊이를 가늠해 볼 수 있는 표현이다. 그에게는 봄이 희망도 없지만 "고통도 슬픔도 다 잊은 백치" 같은 존재로 인식된다. 자신의 정신 상태가 마치 백치 같다는 술회로 읽힌다. 미국의 시인 에밀리 디킨슨이 "희망은 아무리 절박해도 내게 빵 한 조각 청하지 않았다"고 하여 어떠한 혹독한 조건하에서도 결코 희망을 포기하려 하지 않았다면 최춘희 시인은 이제 희망을 아주 버린 것일까. 십여 년 전에 시인은 "무너지는 무덤 속 당신은 내게// 어둠에 적신 한 덩이 주먹밥 내밀었네"(「소리 깊은 집 4 – 병病」, 『늑대의 발톱』)라고 하였듯이 방향은 다르지만 안간힘을 다하고 있었다. 지금의 상태는 어떠한가.

> 애인의 부드러운 몸을 만질 때마다
> 나는 새롭게 태어나고 꽃피어
> 붉은 열매를 토해 낸다
> 사시사철 눈 내리는 북극의 정원
> 날카로운 이빨을 번뜩거리며
> 검은 늑대가 울부짖는 밤
> 나는 애인과 한 잔의 독주를 나눠 마시고
> 취생몽사, 열락의 우물 속으로
> 수장되었다

누가 나의 깊은 잠을 깨우는가
젖은 몸속
길을 내며 잎잎이 바람 소리
뿌리를 흔드는 빗소리
애인과 나는 세상에 없는 봄을 기다리네

—「남천」 부분

'동거 중인 애인'은 우울한 나의 영혼과 슬픔을 위무해 주며 '나'는 애인의 부드러운 몸을 만지며 새롭게 태어나 꽃을 피우고 열매를 맺는다. 내가 토해내는 "붉은 열매"는 "격렬한 정사 뒤 살을 찢고 터져 나오는/ 소리"(「열매는 뜨겁다」, 『늑대의 발톱』) 같은 것이다. '열락의 우물' 또한 그러한 시원의 생명력을 암시한다. '눈 내리는 북극의 정원'에서 늑대가 울부짖고 있는 극한의 현실 속에서도 애인의 존재가 이런 상상을 가능하게 하고 있다. '남천'이라는 식물에 비유된 나를 깨우는 것은 바람과 비로 표현된 봄의 생명력이다. 그러나 이들이 기다리는 봄은 세상에 없다. 이런 우울한 회의적 시선은 애인의 실체가 고양이로 추정된다는 것을 상기하면 더욱 문제적이다. 고양이와 '나'(혹은 '남천')와의 관계가 그렇게 친밀하고 식물성의 '나'를 깨우는 것이 이미 봄의 속성인데도 봄을 부정하는 것은, 길이 끝나는 곳에 "구원의 십자가"가 빛나고 있을까 또는 "푸른 공기를 폐쇄된 혈관 가득히/ 넘쳐흐르게 하는 그런 날들"(「맨홀」)이 있을 것인가 반신반의하는 것과 같은 맥락의 언급이다. 이번 시집에서 시적 화자들이 자아분열과 우울증에 시달리는 모습이 더욱 뚜렷해진 것은 시인이 그만큼 저항의 밀도를 끌어올렸기 때문이다. 현상 혹은 현실에 대한 강력한 부정의 이면에는 죽음, 절망과 봄, 희망이 완강하게 대치하고 있다. 더 이상 물러날 곳이 없는 "백척간두의 칼날"(「피에타) 위에서의 치열한 시적 전투가 앞으로 어떻게 전개될지 궁금하다.